绕堤柳借三篙翠
隔岸花分一脉香

班飞舞 著

翠香斋
诗集

CUIXIANGZHAI
SHIJI

知识产权出版社

图书在版编目（CIP）数据

翠香斋诗集 / 班飞舞著 . —北京：知识产权出版社，2017.9
ISBN 978-7-5130-5187-3

Ⅰ.①翠… Ⅱ.①班… Ⅲ.①诗集－中国－当代 Ⅳ.①I227

中国版本图书馆CIP数据核字（2017）第243135号

内容提要

本书收录著者历年创作的诗、词、赋、诔文和祭祖文等，多是各处游历和真实生活原创作品，虽不是文学大家之作，却也不乏文学的认真推敲。创作之路，多崇尚贾岛的人文品格，"两句三年得，一吟双泪流"，敝帚自珍，也必定一番苦心经营，总要给人以启迪，有所收获便是好书。

责任编辑：彭喜英　　　　责任出版：孙婷婷

翠香斋诗集

班飞舞　著

出版发行　知识产权出版社 有限责任公司	网　　址：http://www.ipph.cn
电　　话：010-82004826	http://www.laichushu.com
社　　址：北京市海淀区气象路50号院	邮　　编：100081
责编电话：010-82000860转8539	责编邮箱：pengxyjane@163.com
发行电话：010-82000860转8101	发行传真：010-82000893
印　　刷：北京中献拓方科技发展有限公司	经　　销：各大网上书店、新华书店及相关专业书店
开　　本：880mm×1230mm　1/32	印　　张：3.75
版　　次：2017年9月第1版	印　　次：2017年9月第1次印刷
字　　数：48千字	定　　价：32.00元

ISBN 978-7-5130-5187-3

出版权专有　侵权必究
如有印装质量问题，本社负责调换。

自　序

翠　香　斋　诗　集

　　班银龙，字飞舞，生于1981年，安徽巢湖高林班家巷人。

　　自幼喜读诗书，杂学旁收，平时执着字里行间，不求惊世传闻，聊以自娱罢了。时光荏苒，匆匆三十六载，想来人生诸般无奈，总是得过且过，常忆旧时诗词拙文，不忍弃置，遂拾掇来编纂成集，以供暇时浏览，若得一二妙处或有所增益，倒也不费纸墨。故此不遗余力，以促乐事一桩，书成之日，题名《翠香斋诗集》。只因所居之处，江临黄浦，长桥流水，迎风垂柳，花团似锦，真是怡人自得！且尤喜那《红楼梦》中曹翁借宝玉之口为沁芳亭所拟佳句"绕堤柳借三篙翠，隔岸花分一脉香"，乃以"翠""香"二字为寒舍装点，以凑书名耳。

曾记得高中读书之时，寄宿学校，每周往返一次，自带米粮与咸菜若干。吾家境不甚宽裕，父母劳苦，却依旧每周拾元零钱。某次自家返校，于校门口见一旧书摊，虽便宜贩卖，价格也不菲。翻看许久，拿起一本《红楼梦》，爱不释手，于是花巨资拾元买下，当真欣喜若狂。可怜那一周生活惨淡，一袋榨菜，分做六餐，精神重于物质，醉在红楼不知醒，膜拜曹翁，奉若神明。

好书需反复读，方见真意，然亦必多思善悟，才得真味。读之，践之，十年间四处游玩，或独自成行，或结伴而出，纵情山水，诗词文章，随意勾勒，合为事而作，纯为心而发。偶尔几笔牢骚，评三论四，本着一腔热血，却是坐而论道，不屑只顾不屑，何妨见仁见智？笔墨不精，拣样记录，难登大雅之堂，只供消遣而已。

近些年来，尘埃落定，回归都市，难脱俗气。家与国，亲与朋，人与事，皆归平淡。雄心不再，壮志不复，繁华空寂寥，名利由代谢，自是人生余恨，不与他人笑谈。想来总是不甘，韶华易老，梦想不灭，希望仍在，不问天借五百年，直斗个此生无悔。如此人生才叫不负英雄，大抵应该如此。

鄂比有联题曰"远富近贫，以礼相交天下少；疏亲慢友，因财而散世间多"。不管世事纷纭，人情几何，心如止水，自解烦恼，只当初识，便好相处。

语无伦次，话休絮烦，唯吾只念一愿真，方是从来万般好。

班飞舞
2017年3月2日于申城

目 录

翠 香 斋 诗 集

诗 /001

古诗　红楼行 /003

五言古诗　中秋乐 /006

五绝　游巢湖龟山 /007

五绝　狼山 /008

五绝　莫干山感怀 /009

五绝　秋去冬来 /010

五绝　栖霞山 /011

五绝　看德天瀑布 /012

五绝　平遥古城 /013

五绝　九寨沟 /014

五绝　武侯祠 /015

五绝　寄送班生奇斌孙彪子小智博 /016

五绝	云南大理	/017
五律	滇行	/018
五律	言志	/019
五律	别后	/020
五律	宋城	/021
五律	赴茸城访友	/022
五律	梅思	/023
五律	过咸阳	/024
七绝	登上黄山	/025
七绝	暮春夜怀	/026
七绝	题秦淮	/027
七绝	缘分	/028
七绝	怀居一首	/029
七绝	自遣	/030
七绝	长城	/031
七绝	格凸河	/032
七绝	娄烦寺怀古	/033
七律	三河怀古	/034
七律	相会	/035

七律　班氏后裔重聚贵州　　　　　　　　/036

无题一　　　　　　　　　　　　　　　　/037

无题二　　　　　　　　　　　　　　　　/038

无题三　　　　　　　　　　　　　　　　/039

无题四　　　　　　　　　　　　　　　　/040

无题五　　　　　　　　　　　　　　　　/041

古乐府　短歌行　　　　　　　　　　　　/042

将进酒　游庐山　　　　　　　　　　　　/043

古乐府　姊妹行　　　　　　　　　　　　/044

现代诗　长江一滴水　　　　　　　　　　/045

现代组合短诗　　　　　　　　　　　　　/046

现代诗　无悔的引魂之花　　　　　　　　/048

杂文诗　人与笼中鸟　　　　　　　　　　/052

词　　　　　　　　　　　　　　　　　　/055

调寄《临江仙》春秋侠侣　　　　　　　　/057

忆江南　西湖　　　　　　　　　　　　　/058

踏莎行　上海大观园　　　　　　　　　　/059

洞仙歌　桃花岛　　　　　　　　　　　　/060

蝶恋花　姑苏城　　　　　　　　　　　　/061

卜算子　赠别慧徒彦青赴京前　　　　　　/062

那一年花语录	/063
题祭三绝	/069
松江赋	/073
阿水莲诔	/079
祭祖文	/087
四海班氏后裔清明祭祖文	/089
四海班氏后裔陕西扶风"班固墓"祭祖文	/091
四海班氏后裔陕西兴平"班昭墓"祭祖文	/093
四海班氏后裔陕西延陵"班婕妤墓"祭祖文	/095
四海班氏后裔山西原平"三班古墓"祭祖文	/097
碑文	/099
淮颍班氏祖碑记	/101
三班故里祖碑记	/103

诗

古诗　红楼行

三生石畔石头记，一界红尘红楼梦，
千古一曲荒唐调，任是天感地亦恸！
话说真事假语云，评弹红华富贵荣，
释道难解愁海情，宝鉴空演清月风。
满纸辛酸谁人问？皆道雪芹是痴翁，
不言孔教圣书德，多少泪洒泣玉琪。
世人怎谓我癫狂，我愁世人看不通，
付一笔万世绝唱，吟百首诗戏词宫。
红楼梦里梦难醒，梦到头来一场空，
景中景是大观园，情中情为木石盟。
一个阆苑仙葩彤，一个美玉无瑕容，
问世间情为何物，红楼姊妹演重重。
海棠社去换桃花，秋菊巨蟹意殊同，

古今诗才花似锦，碧玉青山第一松。

潇湘妃子染斑竹，蘅芜居士香雅雍；

湘云魂卧芍药花，蕉下仙客漫嗟咏；

菱洲藕榭赋诗词，李绮李纹填曲工；

稻农偏拉熙凤走，宝琴携来岫烟从；

尤二姐含泪吞金，尤小妹自刎贞忠；

俏袭人花语解痴，美平儿软心柔雄；

靓晴雯千金一笑，呆香菱回眸无穷；

鸳鸯女誓绝偶婿，痴情郎断发皈空；

闺中可卿颜命薄，庵内妙玉檀香供；

烈金钏耻辱投井，慧紫鹃情痴追红。

谈罢辛泪独自流，万般苦味犹似梦，

不是知音难知心，肯负幽思望幽瞳。

警幻仙界化孤魂，太虚宏殿融双朋，

浇花春泪耐夏荫，盈露深秋流到冬。

黛玉葬花人归去，宝玉滴泪悲残红，

凄凄切切鬼吞咽，冷冷清清人世中。

寄言纨绔膏粱辈，悔叫后人来效庸，

语不惊人死不休，放眼来者谁敢捭。

叹奇缘而忘尘缘，缘来缘去成一梦，

红楼故事梦逝然，今宵对月红楼颂。

注：高中时代初观《红楼梦》前八十回而作。

五言古诗　中秋乐

林荫风雨后，岭色比湖光。

十五良辰日，昨宵月暗藏。

登高风骨劲，细细道茶凉！

注：2010年9月22日，雨后漫步松江佘山而作。

五绝　游巢湖龟山

龙龟巢大海，俯伏探烟霞。

不等金蛇至，非玄武散家？

注：二〇〇八年正月初十作。

五绝　狼山

山上无名路,碑文处处新。

人心肚皮内,神像望离津。

注:2009年5月游江苏省南通狼山所作。

五绝　莫干山感怀

天高尚可观，地势犹难逾。

我欲入奇峰，归时无复路。

注：2009年9月初游湖州德清莫干山所作。

五绝　秋去冬来

清光秋正冷，好梦夜初长。
待问临窗月，何时照故乡？

注：2009年11月24日夜于梦中偶得一诗，颇感新奇，早起抄录出来，却有些思乡之情。

五绝　栖霞山

山高也不高,谷凹非常凹。

云霞难料见,红叶自逍遥。

注:2010年元旦与三两好友游南京栖霞山而作。

五绝　看德天瀑布

一帘入梦清，两岸分流远。

涛声传号角，壮士几时还？

注：2011年1月3日独自于中国与越南边境处，看到亚洲第一大、世界第四大跨国瀑布德天瀑布，有感而作。

五绝　平遥古城

三家分晋远，百代写传奇。

商海千年粟，乔门一族规。

注：2011年4月7日，清明节赴山西省忻州市参加第一届全国班氏祭祖大典后，与三五族人同游平遥乔家大院而作。

五绝　九寨沟

寨里乾坤大,沟中日月长。

水天成一色,山画万年藏。

注:2013年4月28日游览四川省九寨沟而作。

五绝　武侯祠

平分三国志，在野一农夫。

若使林泉老，曹公未必输。

注：2013年4月29日游览四川省成都市武侯祠而作。

五绝　寄送班生奇斌孙彪子小智博

紫气起群山，云天藏碧水。

智心存善仁，博远念祥瑞。

注：2013年5月3日感奇斌盛情，为其孙祈福相赠。

五绝　云南大理

点苍含隐图，碧水露深机。

南诏空余恨，古城证得失。

注：2013年5月5日游览大理古城，环洱海骑行，观苍山，巍山探秘南诏古国起源处所作。

五律　滇行

初七桥夜过，拱手祝佳人。

气发春城旺，云开百业新。

滇池身易渡，石阵脚难伸。

驻足神仙拜，情深已忘真。

注：2008年七夕，孤身行走云南昆明滇池石林等地，有感而发。

五律　言志

中湖雄雁唱，和雁岭南雌。

本是同林鸟，当求比翼姿。

秋来思望月，梦醒感怀诗。

收起凌云志，相逢会有时！

注：2009年9月26日寓居沪上所作。

五律　别后

侬今临渡口，不见故人来。
离去妆容黯，归来体态开。
新诗云外寄，旧句石边裁。
笔墨怀君寂，词人几赴台？

注：2009年11月10日作。

五律　宋城

城中一日闲，戏里千年度。

半世帝王梦，一朝青史书。

紫燕绕梁飞，黄蛾回案谱。

桑茶陈旧曲，锦绣上新途。

注：2011年9月游杭州宋城，观大型剧场舞台剧《宋城千年情》而作。

五律　赴茸城访友

清风乘古道，细雨浸寒塘。

醉白池中卧，松江府内狂。

三人一为会，十鹿九回乡。

别去天犹黯，心同极外光。

注：2009年11月15日赴茸城会友别时思拟一首。

五律　梅思

曾寻案上书，索遍诗词调。

世上独孤香，从来惆怅貌。

江前拜舞姿，岭下迎风傲。

千年留一记，至死尚犹嘲。

注：2011年12月8日，此诗收入中国·东村《梅》诗刊2011年度创刊号。

五律　过咸阳

车越千年道，风追万里路。

皇陵依旧在，不见霸王驹。

汉室英雄泪，唐宫仕女图。

商君初变法，华夏始开愚。

注：2014年5月2日，参加第四届全国班氏祭祖大典，在陕西省扶风县"班固墓"举行，过咸阳，遇延陵，遂作此诗。

七绝　登上黄山

长空破雾正斜阳，玉级穿峰变季常。

莫道无心寻炼药，闲来有意也谈庄！

注：2008年元旦出游登上黄山，聊记一首以壮豪情。

七绝　暮春夜怀

庭园寂寂无人至，只独残红谢落齐。

历尽凡间喧冷事，而今去处奈何凄？

注：2009年11月13日作。

七绝　题秦淮

自古秦淮风月盛，诗词遍地有歌声。

乌衣巷里安天下，贡院门前享圣名。

注：2010年1月1日晚游南京秦淮河一隅所作。

七绝　缘分

平生所爱无他物，常记村头流水桥。

春风秋雨太温柔，朝去夕来觅落花。

注：2010年6月6日于上海植物园有感。

七绝　怀居一首

英麋远道思回首，二陆功成忆旧游。

不做他乡天上客，星辰野老录春秋。

注：2010年8月4日于松江星辰园整理史稿，自号星辰野老，聊以自娱。

七绝　自遣

人生得意平常事，大笑山中岁月长。
斗艮终非遗所恨，铺开锦绣卧平冈。

注：2009年12月14日，艮，八卦之一，代表山，动静皆宜，适可而止；有坚强或坚硬之意，山者即为纯阳，又纳至阴，融阴阳于一体，包罗万象，深不可测。吾祖始出斗姓，故取笔名斗艮，斗艮似恨非恨，尽在我心。

七绝 长城

长空雁叫声声慢,细雨孤烟行路难。

千载白云奔复往,万般烈士报魂安。

注:2013年1月2日,与家人同登北京八达岭长城所作。

七绝　格凸河

轻轻浅浅碧悠悠,古穴悬棺飞紫燕。

野餐苗寨乡风朴,可叹求学路太艰。

注:2013年5月3日,与贵州省紫云县本家同游格凸河,于苗族农家聚餐,念一方水土求学儿童之不易而作。

七绝　娄烦寺怀古

遥想当年斧钺鸣，乱世纷纭抵要冲。

江山只供后人话，晋代雁门留朔风。

注：2015年5月1日，去往山西省原平市"三班古墓"参加全国班氏祭祖大典后，游附近古娄烦寺遗迹有感而作。

七律　三河怀古

三英齐入凤凰城，从此江山锦绣争。

隔院砼砼楼宇起，连台阵阵戏园生。

天朝末路兴亡载，壮士功名胜败传。

热血英雄身未冷，舟翁犹在话玉成。

注：2003年春与室友游安徽省合肥市三河古镇而作。

七律　相会

七月初七凡三日，阿水莲石三生开。

不求天缘赐双福，先观彩云复观海。

由来只厌人前闹，独向空间石上坐。

清水一瓶方见足，烦事皆可抛云外！

注：2008年8月4日与友相约会期之前而作。

七律　班氏后裔重聚贵州

贵阳只道花溪景,最美原生造化开。

先祖何曾失定远?子孙重聚念兰台。

当年我若冲天笑,逐尽风云未展才。

不信黄河千古色,人间自有白头来!

注:2013年5月2日与贵州班氏家族后裔重聚,感慨而作。

无题一

孤掌缘何生五指,从来两短又三长。

人生百岁不寻常,取舍之间双手上。

注:2010年5月31日作。

无题二

问君欲上夕阳楼,楼上夕阳君欲问。

君问夕阳欲上楼,上楼欲问夕阳君!

注:2010年6月1日作。

无题三

闲来无事中,追月逐风姿。

吟满千年句,还迎君不迟!

注:2010年9月8日作。

无题四

夜来千里梦,惊险万年愁。

百转翻身去,魂飞落地头。

注:2012年9月2日作。

无题五

清水河桥畔,新云来宾馆。

宰人不二价,虚惊本楚倌。

注:2008年8月7日宿云南昆明"新云来宾馆"有感而作。

古乐府　短歌行

天有何常？朝云暮雨。人在江湖，白发苍狗。

端阳重午，五命相愁。不插蒲艾，不赛龙舟。

千岛罗列，八门金锁。水势相交，万马齐堕。

青山逞姿，绿水环抱。海鸥悬天，猿禽探昊。

风逼竹林，楼钟不绝。登峰眺瞩，渺然无限。

青青奀岛，携我与游。静卧常语，离去难酬。

悬月如弓，去射点星。群山且退，以送幽灵。

来时有幸，归日无尘。夜阑灯深，聊寄我心！

注：2010年6月16日适逢端午佳节，出游浙江千岛湖，兴致所至，遂作古乐府《短歌行》一首以记之。

将进酒　游庐山

君不见，秋风飒飒飞落叶，万里青山一夜尽。
君不见，杯中江湖藏千年，至今饮者道不名。
世间岁月本无常，来去何尝为谁停？
浔阳旧日来司马，北麓西林过子瞻。
同贬天涯失落客，到此只把名利嫌。
千里马，小黄鹂，且同游，莫停留。
山高有清风，昨夜星辰暗度愁。
等闲识得半烟尘，枉自多情冲霄汉。
自古林深避高人，问天唯有李青莲。
未曾得遇仙人洞，却逢空门如琴湖。
鄱阳一战书御碑，五老盘坐控悬壶。
思归雁，醉浮云，
梦里依稀雪纷纷，红尘几卷逍遥文？

注：2010年10月6日，国庆假日三五好友畅游庐山三日不倦，兴致斐然，还居遂作《将进酒》一首，聊以记之。余虽滴酒不沾，亦何妨！但教识得酒中趣，何须竟日饮酒多？

古乐府　姊妹行

昔日少年怀，同心一线牵。读书槐里下，结伴在人前。
相识十五载，情系百千缘。至今思左右，不得语身边。
文过淑真集，敏胜谢女贤。幸赴申城后，福临江浦间。
大哉燕赵风，车呼鹏城岸。快意豪侠气，乐观仗义欢。
春暖枝头闹，桃李笑嫣然。报时并蒂开，喜上眉梢尖。
海内怜知己，静夜常梦全。祝此良辰满，愿成尽展颜。

注：2013年1月23日，赠海静与众姐妹高中毕业十五年欢聚。

现代诗　长江一滴水

如果我来自长江，

我会用生命写一首歌：

万里长河，千古之下，

你纵横出一个崭新的国家；

虚怀若谷，吸纳百川，

你孕育出多个凝结的民族；

奔腾东去，勇往直前，

我不要大风大浪来突出自己；

永不回头，永不停歇，

我只想融入你那伟大的事业。

请让我始终与你同在，

我只想做你的一滴水。

如果我被蒸发，

来世还来报道！

注：2011年8月14日作。

现代组合短诗

雨

帘幕下,藏着隔世的如许红尘
只待残风乍起
便卷得香匀满山醉

云

流动的心脏
给不出一个安定的理由
慢慢地憔悴着一世芳华

雪

漫天的精灵
舞动的魂
无声的神曲

海

世间的沧桑

时间的亘古

在平静中印证着一切

夕阳

美丽的容颜比不过

那一瞬间的倾覆

便抹红了人间万象

注：2011年冬作。

现代诗　无悔的引魂之花

风，幽幽地潜入

期待着能够寻觅到那淡淡的香

然而就连这一点，他已做得很艰难

他的鼻子不够灵敏，再也嗅不出人世间任何花香

他只有四处蹒跚着摸索，希望找到那朵前世的莲

莲，已不在水的中央，但是风却看不见

他还在体味着冰冷的寒意

莲——莲——

莲毕竟不在那里，她已化成了一朵凄美的彼岸花

那传说中只开于黄泉路上的引魂之花

风，又能去哪里找寻

风徘徊在竹林，终于找到了一条小溪
他静静地蹲在溪水边，眼角流下了一种叫作眼泪的水
那水滴入小溪，飘向了回忆的尽头

还记得那忘忧河的莲与叶，自有生命诞生就存在了
他们每天都聚在一起，深情相偎，脉脉相对
莲紧贴着叶，叶依托着莲，永不分离
就算河水干涸，他们也必定抱在一起枯萎

忘忧河的水不会有干涸的一天
忘忧河边的仙子开始不安得嫉妒
仙子的凡心未曾磨灭，她还没有修成忘忧的境界
妒忌让她变得愤怒，她要毁灭这忘忧河中永恒的爱
她种下了恶毒的咒语，她要让他们生生世世不能相见
花开不见叶，见叶不见花

叶,听到了这种诅咒

他还没来得及告诉莲,仙子就走来了

叶来不及告别,他急忙吞下了忘忧河的水,化成风逃离了

莲变成了彼岸花,她心疼地到处寻找着她的叶

从降临凡间的那一刻,莲已经脱离了水

没有了水,她不再娇美

没有了叶,她把自己的花瓣拼命地撕扯开

她要让她的叶还能认得她的模样

就这样过了上千年,生生世世的轮回

莲仍然没有找到她的叶,因为她不知道她的叶已化成了风

莲曾把流过身边的浮萍当成她的叶

可是浮萍无情地漂去

莲的心碎了

后来莲忽然领悟，他们虽然无法相遇在人间

她的叶总会在转世的时候经过那黄泉路

莲擦干眼中的水花，义无反顾地奔向那幽暗的黄泉路

她要在那里永远守候她的叶

无论是一年，两年，还是十年……

她不怕时间的长久，只担心她的叶会不会找来，来了还能认出他的莲吗

莲永远无悔地绽放在那人鬼殊途的黄泉路上

远远望去犹如血染，殷红遍地

路过黄泉的人送给她一个名字：引魂之花

注：2010年4月29日作。

杂文诗　人与笼中鸟

如今的公园里有很多人，人在公园里。
很多人手里有笼子，笼在人手里。
笼中有鸟，鸟在笼中。

人君本也有笼子，笼中本也有鸟，鸟本也会说话。
人君喜欢会说话的鸟，因为不会说话的鸟不是好鸟。
好鸟说不放生的人不是好人，人君觉得有道理，把鸟放了，笼子扔了。

人君在公园里，公园里很多人，人有笼子，笼中有鸟。
人君说不放生的人不是好人，众人君觉得有道理，齐问出处？
人君说以前会说话的好鸟说的，众人君叹服，鸟话也有人信？
人君叹服，人话也有鸟信！

人君觉得没道理，买了笼子，放进鸟来。
鸟喜欢会说话的人，因为不会说话的人不是好人。
好人说不放生的鸟不是好鸟，好鸟觉得有道理。
人君把鸟放了，笼子扔了。

鸟在笼中，笼在人手里，人在公园里，公园里有很多人。
鸟说不放生的鸟不是好鸟，众鸟觉得有道理，齐问出处？
鸟说以前会说话的好人说的，众鸟叹服，人话也有鸟信？
鸟叹服，鸟话也有人信！

如今的公园里有很多鸟，鸟在公园里。
很多鸟都有笼子，笼在鸟外边。
笼外有人，人在笼外。
人便是鸟，鸟便是人。

注：2009年5月16日作。

词

调寄《临江仙》春秋侠侣

点破天机移暗祚，愁与鬼煞仙神。原来落魄是英魂，相时谈经纬，弹指定乾坤。因转托冰肌玉骨，顿教雁坠鲤沉。古来多少相思情，尽做儿女态，难与西子争。

注：2004年夏作，题赠范蠡与西施。

忆江南　西湖

思不尽，千载梦中妆。

白往苏来君亦赏，风姿雨色洗容颜，

好事总成双。

注：2007年夏独自游杭州西湖而作。

踏莎行　上海大观园

临水无源,背山少脉,亭桥楼阁空堆塞。

曾经书稿几遭劫,今朝园子终无奈。

枯槁形容,曹公见外,生难得意亡难再。

纵然百事巧多能,怡红终究没来睬。

注:2007年秋独自游览上海大观园而作。

洞仙歌　桃花岛

金沙碧海，浪翻千层雪。风急山高木清洁。

月悬天，几度峰冷清消。鱼翔水，频至洞间空绝。

登阶穿绕阁，八卦玲珑，过殿堂书画凭阅。

试舞剑桃林，弹指缤纷，琴初挑，潮声更迭。

转回首，楼台近阑干，落英满庭芳，玉箫言别。

注：2009年5月1日游浙东桃花岛有感而作。

蝶恋花　姑苏城

天纵风光晴正好,独自欢行,更喜游人少。
此地天堂来得早,名家频共诗词道。
合是虎丘传盛号,拙政留名,狮子林中笑。
沧浪水兮明月照,寒山钟也清风导。

注:2009年8月独游苏州虎丘、拙政园、狮子林并沧浪亭及文庙,得闻寒山寺已关山门,未暇得观,实为遗憾,且待日后游览。

卜算子　赠别慧徒彦青赴京前

风使出松江，云使观京蓟。

试问天公着甚忙，难知风云意。

侬始解春愁，后解诗书理。

要入宫廷览史原，更探朱楼迹。

注：2009年9月27日，值彦青离沪赴京赠别所作。

那一年花语录

那一年古道长亭，墙头马上，君占高枝，我伫篱外。寒月清辉，病体强迎三更露；晓风残香，诗肩徒受半边霜。闻君言：本是世间一精灵，遗恨太真共玉阶。漫嗟仙苑少情痴，至今犹念林孤山。

那一年颓垣断桥，吹面杨柳，君若含情，我似温柔。十里古镇，水村山郭觅佳酿；六朝秦淮，画舫歌楼寻旧踪。闻君言：愿死庐山随董奉，缤纷乱世枕杨妃。天生雨润倾国后，牧笛声中归寂寥。

那一年西塞山前，行云流水，君自东来，我方南归。巧礬顾盼，红粉梢头俏佳丽；醉颜横生，浅黛回眸百媚姿。闻君言：楚宫息妫见飘零，庵下唐寅换酒归。爱怨悲欢难由己，任人含耻直须折。

那一年沉香阑干，霓裳羽衣，君忆旧盟，我思绝誓。风华绝代，星驰紫气开阊阖；艳冠群芳，解释春风无限恨。闻君言：无端遭谪下洛阳，才将国色争无双。喧闹繁芜多落寞，惟愁俗子误多情。

那一年碎石堆头，菩提嫁衣，君诵离歌，我奏散曲。淡扫蛾眉，平白横遭柳叶欺；轻涂蠑首，无端招惹胭脂妒。闻君言：曾照醉翁减芳容，更视钟馗斩妖魔。等闲微雨将身洗，翻转向阳开欲燃。

那一年浣纱溪畔，细水长流，君初长成，我才冠戴。玉洁冰清，刹那芳华歌越调；纤尘不染，须臾流韵舞吴宫。闻君言：身出淤泥非所愿，濂溪誓守完贞节。岁岁年年分月色，朝朝暮暮透心凉。

那一年剑阁蜀道，孤城万仞，君卧静秋，我行长空。亭亭妩媚，昨宵长恨东流水；袅袅绰约，他日难寻北漂云。闻君言：惊才绝艳倾人国，薄命红颜碎玉山。不争君主宠奴深，但望延年识妾明。

那一年高墙阔院，木犀独立，君倚斜阑，我傍金轩。月下幽闺，暗淡轻黄体性柔；风前盈袖，情疏迹远只香留。闻君言：天生慧质入诗文，自古才情偏女子。独钟徐惠有因缘，高占广寒千万载。

那一年南山东篱，悠然自得，君始宁静，我甘淡泊。孤标冷傲，飒飒西风满院栽；淡雅脱俗，蕊寒香冷蝶难来。闻君言：战地黄花分外香，雕栏璀璨尤其白。最艳芳菲难再续，折腰不是陶氏翁。

那一年江城陌上，端庄娴淑，君容妙雅，我貌潇洒。朝白暮红，江边谁种一片醉；霓云雾月，展露芳姿照水红。闻君言：家住仙乡缥缈城，生来不知愁滋味。有幸石家扶醉去，终成眷属曼卿郎。

那一年荒郊野外，斜风细雨，君添欢愉，我助豪情。赤子丹心，似有浓妆出绛纱；清光如镜，行光一道映朝霞。闻君言：万紫千红观自在，飘香吐艳斗阳春。寒居不易招蜂至，化雨丛中笑乐天。

那一年水逝潇湘，斑竹点点，君哭断肠，我泣泪干。凌波微步，借水而开天上客；翩若惊鸿，凝冰为骨玉为肌。闻君言：心悦临塘如碧玉，伊人宛在水中央。从来姊妹同心结，冷月寒江报挚情。

虽不着一花字，但隐喻十二朵花，每朵花代表着一个月，也就是那一年，那一年的花，那一年花在说话，就是那一年花语录。

注：2010年12月25日丑时所作，以诗文道花谜，不妨一猜。谜底十二月花分别是：梅花、杏花、桃花、牡丹、石榴、荷花、蜀葵、桂花、菊花、木芙蓉、山茶和水仙，摘自笔者的长篇小说《我的第六种人生》。

题祭三绝

时，风紧，夜阑珊，细雨将至，云满不见月。念陈君晓旭者，亡故三载之祭日，思无可复言前尘事，叹如今何处堪寻花魂，天上人间再无个林妹妹。

　　料梦中三年痴情迷红楼，凭倚潇湘风雨助凄凉，也曾吟柳絮诗肩瘦，自荐颦卿独占魁，梅本洁来还去，一遁入空门，更添症结，难回首，妙真，忆。

　　尝观陈晓旭演黛玉，惟妙惟肖，风流无古今，后出家病逝，今已整整三载，随感怀至深，作诗三首以记之。

其一

风清雨瘦月无光,满院凄凄竹自凉。

倩影孤摇难借力,问君何故太悲伤?

其二

锁窗独立对窗纱,不忍明朝看落花。

案上诗存人不见,空吟旧句与谁家!

其三

侬本仙尘草妙真,朱楼入梦始为颦。

怜花只此作奇谈,症入膏肓已忘身。

注:2010年5月13日为纪念1987年版电视剧《红楼梦》中林黛玉扮演者陈晓旭离世三年而作。

松江赋

东海之滨，黄浦上游，松江府城，坐视申南。地接南北之要冲，四横八纵；天赐东西之运势，上海根生。天目余脉，九峰迭起，林园交错，齐名苏杭。塔寺辉映，亭楼相望，拱桥流水，静宅闹衢。佘山之巅，九里亭外，泗泾完聚，湖荡泖港。方塔玲珑，卓然而立，照壁城隍，三公名街。醉白池胜，珍宝盈香，千年超古，庙里跨桥。西林宝刹，圆应舍利，七月十五，朝会盂兰。干山夕照，天马飞降，护珠宝光，斜身正心。唐末经幢，庇世佑人，尘沾影覆，伴郎共读。清真回语，伊斯古兰，邦克达鲁，民族交融。当年赵罗，后继许高，精灵颐园，别有洞天。程潼十发，书画双绝，馆藏珍品，博物君子。也是茶园，邦彦适楼，水客临门，风雅古今。仓桥五孔，岳庙诸神，思贤得贤，文汇集文。考古文化，回溯史前广富林；追忆旧沪，重温车墩影视园。时速地铁，宛若游龙，皓月千里，鹰击长空。英欧风情，泰晤士镇，层林别墅，鳞次栉比。生态绿化，追赶时尚弄潮流；修身养性，再造古朴融自然。兰花笋尖，独长有道之岭；四腮鲈鱼，偏爱吴中之江。登高怀远，何如云间第一楼？睹物思人，怎抵十鹿九回头！银杏雪松，供养一方，莼鲈之思，发于肺腑。故斯人言：云间谷水，闻其神而不可道其真；鲈乡茸城，视其形而不可辨其本。盖是论也。

遥望先古，昭示文明，吴王寿梦，狩猎五茸。秦汉之际，建镇于此，陆逊封侯，华亭始见。大唐天宝，初置县政，迄来一千二百六十载。纺织兴，衣被世，鱼米出，税包半，天下闻，海内知。物富年丰，地灵人杰，山孕水育，文脉渊远。昆冈玉出，二陆显扬之基；山间苦读，不负经年之志。《文赋》冠世，诗缘情系，《平复》绝响，鲜有所识。黄耳传书，八月悲风桂花落；鸣鹤在阴，谷水啸唳不复闻。黄婆制棉，勤勉传教，革新织纺，唱颂千秋。顾媳刺绣，画艺惊艳，承前启后，名动四海。拙中带秀，董思白艺坛执牛耳；志内高雅，陈眉公草堂焚清香。忍辱负重，徐阶曲意事严嵩；矢志忠义，完淳严词辱亨九。文章举业，进士五百，武功邦治，功勋难计。松雪道人隐书画，南村先生立身洁；徐子先任重道远，张得天开连台戏。侯绍裘杀身成仁，姜辉麟死而后已，吴光田舍生取义，施蛰存鞠躬尽瘁。日寇来犯，气盛火嚣，十里长街，尽废瓦砾。先驱同仁，壮志成城,驱除倭奴,百废待兴。哀天之悯,怜我中华,虽遭劫难,终至觉醒。乡民回归,重建桑梓,华亭府貌,焕然一新。三教九流,日新月异,五行八作,继往开来。沪剧西乡,再登华堂,塔教并立,光芒四射。城市生活,世博迎新,欢乐谷间,梦想乐园。巍巍乎,远观十二山之旖旎兮,璀璨芳华;荡荡然,环顾护城河之妩媚兮,缠绵不尽;逡逡乎,游园林之塔舍兮,古意幽森;孜孜然,步街市之宅楼兮,推陈出新。或曰:"事非亲临,何以知其详?"观其史,访其地,思其事,方不虚。

  余至云间二载,卧居星辰园,常忆二陆读书台,反思躬省,亦操书至夤夜,慕先贤之德,不敢迟缓。每得闲暇,必外出步行,饱览城中景,美不胜收,而流连忘返者多矣。吾尝三入西林聆梵音,醉白池旁弄清荷;安坐颐园听雨声,斜倚浦江观烟渚;方塔院内照影壁,东岳庙中相诸神;别墅巷道辨英伦,庙前老街识牌楼。亦曾入拜小昆山,草堂石台,风物依旧,太康之英今犹存,不见当年读书人。然则时移世易,旧貌新颜,当日人文荟萃处,此番隆兴大学城,念学子常往来,复盛乃有日。余当俗子,以观此间,城多昌繁而地旺，民多淳厚而情深，士农工商，各安所分，引凤筑巢，拓新进取，其志弥高，其众一心。心喜之余难舍去，但愿长作松江人。勿笑俗子太多情，敢问东坡恋岭南？

忆去岁与友登佘山，林木葱郁，久之而上，瞭望台顶，友曰："上海之高不过此，何其然也？"余视其山，高不过百米，周不过万亩，虽无奇险峻峭，而脉络相连，岿然不动。俗子曰："山不在高，而发乎始。江流虽大，其源也微；树高千丈，其脉入地。上海之根，魅力之城，而生于斯。"

时辛卯六月十四日班飞舞撰

注：全赋包括写景、叙事、抒情和问答段落共1260字，合松江府建县一千二百六十年。2011年6月9日松江文联发出"松江赋"征文活动，反响强烈，全国18个省、市、自治区作者投稿共170余篇，其中松江本地40余篇，上海其他地区50余篇，外省市达80余篇。2011年9月22日共有45篇入围作品，其中优秀奖5篇，提名奖10篇，本篇荣获入围奖，松江文联已结集部分出版。

阿水莲诔

维

盛世难朝之际，七夕相会之间，石林难逢之所，俗世人残花，谨以石林之地，无根之水，香梨之果，槐木之叶，四者虽微，秉以至诚至信，乃奉于离恨天外掌使善信三生女儿之先曰：近念女儿轻落尘世，想来已二十四春。其祖之族氏分部，遍于山石精奇之处。而余得识于青春年少之间，临窗攻读之时，鸿雁传书，往来诉说者，屈指不过二载。然，其思则高才之辈不足论其深，其识则鲲鹏不能比其远，其容则花蕊不可媲其齐，其心则桂兰不足喻其芳。同学皆感融洽，师长全称优秀。怎奈天妒其颜，秀木惨遭风雨，娇红被其霜，清泉竟染恶臭！草本原弱，怎堪流泥；花质尚柔，奈何强飓。屡被山洪之灾，遂赋石坚之韧。故尔登高攀援，如履平地；涉水渡河，终无禁矣。顶上日月，身荷竹篮，足下飞奔，手上开辟。岂谓路之艰，方是学则长。遂重信义于左右，再伸良善于远近。忠信遭戮，红颜痛追武穆；慈善逢屈，裙钗哭于荒野。人言壮烈，何谓失亡？水流已尽，芳影难探。飞鸟伤嗟，谁悲逝路之人？游鱼痛喋，魂飘迷径之地。字迹分明，当年汝笔；纸页初旧，今日余书！宝箱之卷帙尚在，香案之书信完好。砚封墨储，思提旧日之笔；书合灯移，空待当年之人。弃云饰于蒲苇，抛绣履于草泽。山茫鹊失，难上七夕之路；雾深雉走，岂望五更之鸣。奈何春去秋来，离恨无穷，独枕草石，空空如也。槐疏雨潇，侬意与余心同结；路长魂断，契语共知音无复。崇山峻岭，天涯共享；声闻九皋，惟鹤仰止。水复山重，赴远无畏辛劳；风催林石，登高始歌离唱。倩影未去，路边蝴蝶尚舞；香魂易散，水上芙蓉乍谢。托书云外，雁去无声；寄信江中，瓶流空望。负篓缘壁，崖上灵药谁采？赤足潜水，河下香菱待摘。昨承君嘱，立掩书而盼奔石林；今重信诺，扶病体而亲临山口。及闻香冢无体，伤痛乃集于心；坟茔空筑，痴情难对君颜。君为山石精灵，枉淹暴洪；水流无情，尸骨无存。

衰草萋萋，山木萧萧。凌清霜以哀鸣，避冷雾而垂泣。三生石上，我本无缘；离恨天外，卿居仙位。彩云和泪，丝丝曳入秋风；青石倚我，怅怅空谈细雨。呜呼！原魑魅之为嚣，亦仙灵而来招。愿受享此斋，宽我水莲；讨人间之情，慰其心田。念君之红尘虽短，独余之衷心不减。乃积淳淳之意，情深戚戚之询。恭聆上仙垂赐，三生有主，生亦有幸，死亦有幸。闻其妹之言，情真意切；以愚子度之，则深为敬宣。诚然！古曹娥女溯水以求父，贞妇人立崖而望夫，事虽别，其质则一也。故信义以相人，苟非其类，必所摒之！乃知天地生人秉直，本自至公至明，各还其本性耳。于是乎，洁心素志，伏以明诚；殊不殆逊陋之词，以望垂听。后继而歌之曰：

　　山岂犹然之巍巍兮，牵麋鹿以登乎悬崖耶？

　　水岂犹然之荡荡兮，驾青虬以游乎龙宫耶？

　　参北斗之纵横兮，观宿慧之灵光耶？

　　负箕篓而临绝壁兮，求山药于仙耶？

下渔舟以穿田叶兮，访水灵于荷耶？

嗅兰草而喷吐兮，凝妙音以贮耶？

濯裯褥而纷落兮，掬清流以存耶？

思飞燕之双双兮，愁比翼以乍分耶？

积硕德而成福荫兮，怀高义以佩广贤耶？

信常驻而为至诚兮，慈顺严以理至孝耶？

睆村烟而离散兮，仿佛有所聚耶？

仰晚霞而陆离兮，恍惚有所变耶？

慕云影而无毫袂兮，痛复舍余于尘寰耶？

种清风之为余去愁兮，奈相挽而同游耶？

余此心为之怅然兮，何惓惓而无期耶？

君杳杳而安眠兮，问苍穹之道于化耶？

独无冢并无室兮，究其本而魂尚在耶？

余难出离而再念兮，不复至以叹君耶？

见兮闻兮，君其来耶！

夫自极天而生，处以圆通，降止于丘，子莫相识。布林嶂而断江河，举石巅而锯彩云。明紫衣之炫彩，击黄柏之空音。青女熟于霜雪，黄娥寄于石榴。瑶姬卒巫，精卫溺海。呼湘水之神，盼洛河之妃。凤栖西山之梧，麟行盘曲之岭。溯逆水兮游鱼，浮深海兮季龟。慎思慎行，笃志笃信。启迪乎高山，意领乎流水。既明细而大观，再深入而浅易。复合兮流云，长失兮陨星。露夜临兮凉寒，凌波荡兮莲颤。料魂魄之茫茫，似浮萍之渺渺。予自空嗟悲鸣，徘徊惆怅。惊雷兮四海，神光兮八荒。蝶恋舞而去，蜓迷旋以留。信申兮为告，义完兮酬俦。呜呼哀哉！尚飨！

注：2008年8月15日作。阿水莲，云南昆明彝族人，吾高中时笔友，书信相交，红学爱好者，曾与之信中相约十年后七夕，于云南石林"三生石"相见，因此践约。后得知阿水莲于2006年暑假自大学回家途中遇暴雨山洪，为救一溺水小孩而亡。

祭祖文

四海班氏后裔清明祭祖文

维

盛世龙腾之际，太平华夏之年，吾族班氏后裔，齐聚三班故里，谨具牲醴粢帛，秉以至诚之心，乃再拜于先祖灵前，其文曰：

天下一班，同脉同源，肇自春秋，鼎兴汉唐。

千载之下，百代相传，感恩追始，饮水思源。

荆楚望地，斗氏子文，毁家纾难，民德归厚。

一传斗班，再伸大义，后世子孙，更名为姓。

秦末汉初，兵燹四起，始祖懿公，避居娄烦。

瑞气英华，名扬塞外，累世相积，终成望族。

班女婕妤，一代贤妃，彪公大儒，承前启后。

班固著书，班超从戎，一门三杰，炳耀青史。

大家(gū)班昭，继兄遗志，典教规仪，赋颂女戒。

中唐思简，景倩归来，班宏廉公，祖孙名振。

班佐川使，得配相女，有子班肃，擢贡第一。

伦常循道，昭穆有序，百善孝先，慎终追远。

泱泱中国，多难兴邦，怜我子孙，壮志成城。

先人伊始，辟基不易，唯吾后裔，奋发图强。

俯请歆格，祈佑荫庇，恭敬祭告，伏乞尚飨！

班壹第八十六世裔孙班飞舞敬撰

壬辰年三月十三日

注：2012年4月3日，第二届全国班氏后裔祭祖大典在山西忻州原平"三班古墓"举行，撰写祭祖文以供。

四海班氏后裔陕西扶风"班固墓"祭祖文

维

甲午神驹之世，时事昌明之期，吾族班氏后裔，重归桑梓扶风，谨以香楮之仪，镌立碑文像赞，惟嘉虔诚之心，叩拜于先祖灵前，其文曰：

天地昭昭，日月煌煌，星宿其位，职司列张。

大汉季叶，群雄争强，光武中兴，遂继绍扬。

彪公辗转，顺势而上，续述前史，以承朝纲。

有子名固，学识非常，博闻强志，尤善文章。

穷究百家，不拘一方，宽和容众，品行端良。

服丧居忧，上书刘苍，编撰《汉书》，陷于洛阳。

其弟名超，申辩庄皇，诏封兰台，后迁为郎。

奉旨续修，地理独创，呕心泣血，举世无双。

京师兴役，关中犹望，赋就两都，以折奢浪。

帝恩侍宠，司马益彰，白虎论经，德义显尚。

远征匈奴，单于服降，勒石燕然，铭记泱泱。

窦氏败政，免官受殃，宵小相害，入狱而亡。

哀哉固祖，终于北邙，壮哉孟坚，汗青回响。

先祖有灵，享我烝尝，子孙致祭，伏惟尚飨！

班壹第八十六世裔孙班飞舞敬撰

甲午年三月十五日

注：2014年4月14日，第四届全国班氏后裔祭祖大典在陕西扶风"班固墓"举行之前，撰写祭祖文以供。

四海班氏后裔陕西兴平"班昭墓"祭祖文

维

二零一四年四月初四,吾族班氏后裔,不辞千里,偕同汇聚,谨以清酌素馐,秉以恭敬之心,叩拜于灵前,而奠以文曰:

昔在后汉,华夏一统,海内清明,百业政通。

父兄大名,报国尽忠,小妹惠班,秉承家风。

博学高才,文采出众,东观续史,《汉书》成综。

补录八表,天文志丰,大儒马融,聆听甚恭。

赋颂并娴,召入皇宫,师教嫔妃,大家(gū)尊崇。

出嫁曹氏,夫妻和融,不期早寡,守节化恸。

妇有四行,《女诫》训众,集书七篇,永为警钟。

有子曹成,关内侯封,随从陈留,《东征赋》诵。

二兄名超,定远之功,上书乞骸,帝尚不动。

代奏陈情,恩威并重,穆宗戚然,诏令始终。

太后临朝,机要与共,邓氏请退,疏策以送。

古稀之卒,举国哀痛,宫廷素服,无以为隆。

巾帼维扬,《列女传》奉,至今犹念,一抔青冢。

吾祖尊灵,且享且用,佑我子孙,尚飨以供!

班壹第八十六世裔孙班飞舞敬撰

甲午年四月初四

注:2014年5月3日,第四届全国班氏后裔祭祖大典在陕西扶风"班固墓"举行,随后前往兴平大姑村"班昭墓"祭祀,撰写祭祖文以供。

四海班氏后裔陕西延陵"班婕妤墓"祭祖文

维

二零一四年四月初四,吾族班氏后裔,不辞千里,偕同汇聚,谨以清酌素馐,秉以恭敬之心,叩拜于灵前,而奠以文曰:

大汉初创,忠臣勄勄,先祖辟基,塞外始居。

其父名况,抗击匈奴,功勋世家,名震乡间。

幼女聪慧,工于诗赋,文采斐然,遍览群书。

巧目顾盼,秀色丽姝,和容知礼,动静其淑。

成帝立元,待选嫔御,初为少使,后封婕妤。

生子夭折,身后继无,诵《诗》养性,古礼相处。

皇恩嘉宠,欲辇同出,圣贤之道,嬖幸婉拒。

太后闻之,赏其楷模,比拟樊姬,隆盛赞誉。

荐上李平,得封同序,赵氏入宫,遂遭谗妒。

巫蛊祸起，许氏废去，从容自辩，理明而恕。
急流勇退，以避囹圄，侍奉长信，深闺凄楚。
怨歌自悼，秋扇自语，守灵以终，孤云飞羽。
尊我婕妤，贤德钦慕，怜我婕妤，毕生无辜。
祖若有灵，以降故墟，子孙虔祭，尚飨以祝！

班壹第八十六世裔孙班飞舞敬撰
甲午年四月初四

注：2014年5月3日，第四届全国班氏后裔祭祖大典在陕西扶风"班固墓"举行，随后前往咸阳延陵"班婕妤墓"祭祀，撰写祭祖文以供。

四海班氏后裔山西原平"三班古墓"祭祖文

维

乙未开泰之年,福临降瑞之日,吾族班氏后裔,重聚娄烦故地,昌兴祖墓之修缮,盛德古茔之草木,祭拜于先祖灵前,其文曰:

华夏迭兴,江山易改,千古一班,永续族脉。

先人导路,后世继业,惟志不忘,且康且泰。

壹祖宏图,边关勤牧,治产有道,以蓄家财。

出狩驰骋,旌旗猎猎,笙鼓齐鸣,帝王入塞。

风貌英华,声名远扬,德高望重,福泽百代。

行善不止,施恩不休,累世累积,乡党感戴。

开族传世,建基启宗,一门荣华,子孙仰赖。

训之有方,诲之有道,依礼遵循,远拒祸害。

日月盈昃,山重水复,国兴转衰,家旺反败。

处外端正，事内恭谨，戒持谦逊，安宁常在。

敬宗睦族，繁衍昌盛，支疏有别，相亲相爱。

同修祖墓，共植松柏，子孙为孝，不分里外。

告吾同胞，皆是手足，携手共进，云何懈怠？

先人享知，庇佑后裔，俯请歆格，尚飨再拜！

班壹第八十六世裔孙班飞舞敬撰

乙未年三月十三日

注：2015年5月1日，第五届全国班氏后裔祭祖大典在山西原平"三班古墓"举行，再次撰写祭祖文以供。

碑文

淮颍班氏祖碑记

据查淮河一隅，旁及南北，有班氏后裔流布于皖西阜阳六安，然后世多不知其由来也。且历史更迭，此当中原要冲之地，屡遭兵燹，人口迁徙不定，更无文字记载传承，遂于家族之事难于理清，徒限于祖辈口口相传，间或遗缺，亦不得所闻。惟六安市霍邱县周集镇班台子迁徙一说流传甚广，人多信之，有志之士奔走其间，访于草野，索于县志，得其大概，撰文字以传。阜阳市口孜镇蛤蟆洼村班利生殚精竭虑，车马劳顿，奔走与淮颍之间，疏财献义，得续淮颍班氏支脉家谱，当为一族之楷模。溯源归本，今合阜阳市，则有七里铺和尚庄、口孜镇蛤蟆洼村、耿棚镇班庄、新集镇刘海子村、润河镇与南照镇，六安市霍邱县则有周集镇班台子村班老庄范桥乡殷庙村、新店镇与马店镇，其当世班姓子孙一致认同，班台子先祖为淮颍共祖，各地相传，少则三世，多则七世，上不可考，下尚可追，彼此互通有无，连成一脉，续谱以传后世。

近于耆老之口，得闻五百年先祖坟，祖考妣合墓，位于班台子周边，高两米有余，为家族之荣，遂得众人齐心，修缮保护，定于每期清明，共祭于此，竖碑以记之。

淮颍班氏后裔敬立
公元2016年3月21日

注：2016年淮颍两地班氏后裔寻根同祖先，随立碑，应邀撰写碑文以供。

三班故里祖碑记

　　往者秦之灭楚，迁民于晋代间，班氏始祖壹公避地于楼烦，牧疆垦塞，致马、牛、羊数千群。值汉初定，与民无禁，当孝惠、高后，以财雄边，出入弋猎，俨如帝王，年百余岁，以寿终。后七世孙班彪，八世孙班固、班昭，纂续汉史，为世称颂，得名三班，标榜青史。有先祖墓，合葬于娄烦故里，遂称三班祖墓，有是地乃有是墓，今原平一隅。时逢盛世，班氏后裔汇聚于此，同心同德，遂立此碑，上彰祖先之功德，下表后昆之孝道。水木本源，吾辈子孙当常怀先祖之志，奋发图强，团结一致，以扬我族。

中华班氏后裔立

公元2016年5月1日

　　注：2016年第六届全国班氏后裔祭祖大典在山西原平"三班古墓"举行，特立先祖石碑于墓前，应邀撰写碑文以供，与同族班夫玉共同拟定碑文。